中華古籍保護計劃

ZHONG HUA GU JI BAO HU JI HUA CHENG GUO

·成果·

(明)吴承恩 撰

李卓吾先生批評西遊記

第一册

國家圖書館出版社

圖書在版編目(CIP)數據

李卓吾先生批評西遊記:全十四册/(明)吴承恩撰.—北京:國家圖書館出版社,2019.9

(國學基本典籍叢刊)

ISBN 978-7-5013-6705-4

Ⅰ.①李… Ⅱ.①吴… Ⅲ.①《西遊記》評論 Ⅳ.①I207.414

中國版本圖書館 CIP 數據核字(2019)第 050907 號

書　　名　李卓吾先生批評西遊記(全十四册)
著　　者　(明)吴承恩　撰
責任編輯　南江濤　程魯潔　潘雲俠
封面設計　徐新狀

出版發行　國家圖書館出版社(北京市西城區文津街7號　100034)
(原書目文獻出版社　北京圖書館出版社)
010-66114536　63802249　nlcpress@nlc.cn(郵購)
網　　址　http://www.nlcpress.com
印　　裝　北京市通州興龍印刷廠
版次印次　2019年9月第1版　2019年9月第1次印刷

開　　本　880×1230(毫米)　1/32
印　　張　98
書　　號　ISBN 978-7-5013-6705-4
定　　價　298.00 圓

《國學基本典籍叢刊》編委會

《國學基本典籍叢刊》前言

國家圖書館出版社（原書目文獻出版社 北京圖書館出版社）成立三十多年來，出版了大量的中國傳統文化典籍。由於這些典籍的出版往往采用叢書的方式或綫裝形式，供公共圖書館和大學圖書館典藏使用，普通讀者因價格較高、部頭較大，不易購買使用。爲弘揚優秀傳統文化，滿足廣大普通讀者的需求，現將經、史、子、集各部的常用典籍，選擇善本，分輯陸續出版單行本。每書之前均加簡要説明，必要者加編目録和索引，總名《國學基本典籍叢刊》。歡迎讀者提出寶貴意見和建議，以使這項工作逐步完善。

編委會

二〇一六年四月

序　言

明代章回體小説《西遊記》一百回，乃蜚聲海内外的中國古代小説名著。存世版本可分爲繁本與簡本兩類，其中相對較爲重要的是繁本，它又包含兩個版本子系統，一個是明萬曆中期刊世德堂系統本《新刻出像官板大字西遊記》二十卷一百回，凡存世三部半，一部藏於日本天理大學圖書館，一部藏於日本日光輪王寺，半部（第十一至二十卷）藏於日本廣島市立中央圖書館，一部藏於臺北故宫博物院〔一〕。另一個子系統，就是明刊《李卓吾先生批評西遊記》（以下簡稱『李本』）不分卷一百回，李本屬於世德堂本的翻刻本，但文字頗有修訂，特别是對第九十九回中的『災難簿

〔一〕臺北故宫博物院的這部藏本，乃由中國國家圖書館前身——北平圖書館，於一九三三年從日本東京村口書店購得，抗戰期間，它曾與其他二千七百餘種善本古籍一起，秘密轉運美國，委託保存於美國國會圖書館。種種歷史的陰差陽錯，導致這批善本最終未能回到北京。一九六五年，美國國會圖書館將其交還給臺灣，這部明刊本《西遊記》遂入藏臺北故宫博物院。此本收録於《原國立北平圖書館甲庫善本叢書》（國家圖書館出版社二〇一三年版）。

子』，做出了與文本情節順序相匹配的調整改動，增强了小説的可讀性；李本附有『李卓吾先生』批評文字，是《西遊記》第一個真正意義上的評點本。明末清初時期，李本曾多次刊印，銷行甚廣，它也是絶大部分清代《西遊記》版本的底本來源（直接或間接），在《西遊記》文本流播史上具有重要的學術價值。

根據太田辰夫、磯部彰、吴聖昔、曹炳建、上原究一、潘建國等中日學者的持續調查研究，目前所知存世李本有十四部，按其卷首文字、評點文字刻印位置以及插圖等項内容的差異，可分爲甲、乙、丙三個系統：

甲本系統：卷首有『幔亭過客』《題辭》，有《凡例》，有《李卓吾先生批評西遊記目録》一百回；評點文字刊刻於書眉，每行三字；每回有插圖二幅，共二百幅，集中置於卷首目録之後；凡存世三部，分藏於日本國立公文書館内閣文庫、慶應義塾大學圖書館。

乙本系統：卷首有『幔亭過客』《題辭》，無《凡例》，有《李卓吾先生批評西遊記目録》一百回；評點文字刊刻於正文行間；每回有插圖二幅，共二百幅，插圖與甲本同。凡存世八部（包括殘本），分藏於日本宫内廳書陵部、日本學者田中謙二、磯部彰，法國國家圖書館，韓國某寺廟，中國國家圖書館、河南省圖書館（簡稱『河圖本』）、中國歷史博物館（簡稱『歷博本』）。

丙本系統：卷首有『禿老』《批點西遊記序》，有《李卓吾先生批評西遊記目録》一百回，評點文字刻於書眉，每行四字； 每回插圖二幅，凡二百幅，集中置於目録之後，圖像與甲、乙本完全不同，乃據世德堂本改繪而成。凡存世四部，分藏於日本廣島市立中央圖書館、廣島大學文學部，法國國家圖書館（殘存第八十六至九十回，乃丙本之特殊翻刻本〔二〕、中國某私家（殘存第九十四至九十八回）。

上述三個系統的學術關係爲： 丙本屬於李本的初刻本系統，甲本翻刻丙本，乙本又翻刻甲本。丙本的刊刻時間，大概在明萬曆後期； 乙本的刊行時間，可能在明末崇禎至清初之間。

由於李本在《西遊記》版本流播史以及古典小説評點史上具有雙重價值，它自然也受到了研究界和出版界的特別關注。二十世紀八十年代，中國大陸和臺灣地區不約而同地推出了李本的影印本： 一九八三年，中州書畫社以綫裝本方式影印出版了乙本（簡稱『中州本』）； 一九八六年，臺北天一出版社《明清善本小説叢刊》第五輯，則影印了甲本中的內閣文庫藏本。但天一出版社影印的內閣甲本在大陸流傳不多，故在很長一段時間內，中州本成爲大陸學界所能利用的唯一李本，産生了相當廣泛的學術影響。

令人遺憾的是，中州本的影印實際上存在一個嚴重問題，即對影印底本的交代含糊不清，卷

〔二〕參閱潘建國《新見法國巴黎藏明刊〈新刻全像批評西遊記〉考》，載《文學遺産》二〇一四年第一期。

首《影印説明》云：『此次複製，以中國歷史博物館和河南省圖書館藏書爲底本。文字殘缺或漫漶不易辨認者，參校兩書補正。』可是，影印時究竟以哪一個藏本爲主？哪些書葉是據另一個藏本配補替換？出版方卻没有作出具體説明或標注，這就導致使用者無從判别底本情况，進而誤認爲歷博本、河圖本均爲殘缺嚴重的版本。譬如日本學者磯部彰認爲：『中國影印的《李卓吾先生批評西遊記》在日本公私藏書中有幾種足本，而中國無足本，僅有殘本分藏於中國歷史博物館及河南省圖書館。中州書畫社影印的版本，據其出版説明，係將有缺卷之兩書併爲一書而成的。』[二]日本學者上原究一曾經去河南省圖書館查閲過河圖本的縮微膠捲，『確認中州書畫社影印本没有規律地配合兩部，似乎是每葉選擇保存狀態較佳者作爲底本』[三]，但他所説也衹是一個大致印象，並未逐一核對標示，底本真實情况如何仍是一個謎團。此外，限於技術條件，中州書畫社當年可能採用的静電複印方式，影印效果甚不理想，諸多底本中墨色稍淡但文字其實仍清晰可

[二] 參閲磯部彰所撰《西遊記》條目，收入石昌渝主編《中國古代小説總目》『白話卷』，山西教育出版社二〇〇四年版，第四一七頁。

[三] 參閲上原究一《關於〈李卓吾先生批評西遊記〉的版本問題》中文修訂版，載北京大學國際漢學家研修基地主辦《國際漢學研究通訊》二〇一二年總第五輯。

辨的書葉，均被印成了類似板片漫漶的白花花，這自然也影響到研究者對底本狀況以及印刷版次先後的學術判斷。

如上所述，中國大陸公藏的《西遊記》明代版本非常匱乏，僅有三部乙本，國家圖書館藏本僅殘存三十餘回，不足全書三分之一；而河圖本、歷博本又因中州書畫社的影印問題，版本面貌長期以來未獲客觀認知，其學術文獻功能也没有能夠充分地發揮出來。因此，重新對河圖本、歷博本原書進行學術調查，並比勘選擇其中版本情況相對更佳的一個藏本作爲底本，以高清方式影印出版，自然也就具有了某種特殊的學術緊迫性。

今知歷博本首回首葉鈐有『路工』（朱文方印）藏印，原爲路工（一九二〇—一九九六）舊藏，其《訪書見聞録》曾交代此書來歷云：『係蘇州已故的吴毓堯先生從破爛紙中發現，一本已被老鼠咬爛，後文學山房又收到殘本，現已配全。』〔二〕今存二十五册一百回，略有缺葉〔三〕。將其與河圖

〔二〕上海古籍出版社一九八五年版，第一五四至一五五頁。
〔三〕中國歷史博物館今併入國家博物館，其藏書不對外開放，筆者雖幾經努力，仍未獲查閲機會，故歷博本詳情無從可知。此信息得諸任職於國家博物館的友人，未經筆者目驗。

本比勘〔二〕，雖其部分書葉可補河圖本的缺損，但版面情況總體上不如河圖本，相同書葉中，歷博本斷版及漫漶之處更多，且更爲嚴重，表明歷博本與河圖本係同版，但刷印晚於河圖本。因此，河圖本是目前所知中國大陸公藏最佳之明版百回本《西遊記》，本次影印即選擇此本爲底本。

河圖本已經金鑲玉重裝，分訂五十册，第一册爲《題辭》《目録》及第一至五十回插圖，第二册爲第五十一至一百回插圖，第三册爲第一至三回，第四册爲第四至六回，以下除第四十五册（第八十七至八十九回）、四十六册（第九十至九十二回）爲三回之外，其他各册均爲二回。書葉開本高二十六點一厘米，寬十九厘米，版框尺寸高二十點九厘米，寬十四點五厘米，正文四周單邊，白口，無魚尾，版心自上而下題『西遊記』、回目數、葉碼，正文首回首葉首行頂格題『西遊記』，半葉十行，行二十二字，行間有小字評點，回末有『總批』，第二十回及第八十五回回末無總批。河圖本全書基本完好〔三〕，但有部分書葉缺失或殘損，今依次列示如下：

〔二〕因無法獲見歷博本原書，本次比勘時，乃以中州本當年替換河圖本的歷博本書葉，與河圖本被替換的書葉，進行板木斷版、字跡漫漶等情況的比對。

〔三〕曹炳建《西遊記版本源流考》謂河圖本『正文第二十六回缺』，但原書第二十六回大致完好，僅缺失末葉（第十四葉），或係偶然誤記，曹文見人民出版社二〇一二年版，第一八五頁。

一、『幔亭過客』《題辭》

凡五葉，河圖本缺失第一、二葉及第三葉A面，中州本以歷博本替換，但仍缺第一葉A面，蓋歷博本亦缺此半葉。

二、《李卓吾先生批評西遊記目録》一百回

凡十一葉，河圖本不缺，中州本均用河圖本。

三、插圖

凡一百葉二百幅，河圖本實存九十九葉一百九十八幅，第九十四回無插圖，全部圖像集中置於《目録》後、正文前。河圖本部分插圖葉有殘損，中州本影印時以歷博本替換，計有第七、十一、十二、十四、十五、十六、二十六、二十七、三十、三十一、三十五、三十六、三十七、四十、四十一、四十二、四十四、四十五、四十七、五十一、五十六、六十六、七十一回，合計二十三葉四十六幅。

此處需要説明三點：

其一，中州本《影印説明》曾云：『第九十四回插圖兩書均缺，兹用北京圖書館所藏明刊本金陵世德堂《新刻出像官板大字西遊記》攝影膠捲同回圖像補全。』可知歷博本第九十四回亦缺插圖。有意思的是，日本宫內廳書陵部、法國國家圖書館、日本學者磯部彰等諸家藏本插圖均有缺，乙本第九十四回插圖目前似未見有存世者，但廣島市立中央圖書館藏丙本、日本國立公文書館藏甲本第九十四回插圖皆存，其中原因待考。

其二，上述四十六幅被替换的河圖本插圖，雖有紙葉殘損，但較之歷博本，其圖像刷印品質相對更佳。

其三，中州本影印出版時，每回之前有插圖二幅，但又將全部插圖集中爲一册，刊爲《李卓吾先生批評西遊記插圖》，這就給使用者造成一定困惑，不知河圖本插圖究竟集中於書首，還是分置於回前。實際上，河圖本圖像集中於書首，歷博本則分置於回前，或受此影響，中州本保留了兩種影印方式，卻因未予清楚説明而留下不小的遺憾。

四、小説正文一百回

河圖本正文書葉存在缺失和殘損兩種情況：

（一）河圖本缺失的書葉

共計有十二葉，包括第五回第十三葉、第六回第十三葉、第十回第十四葉、第二十六回第十四葉、第三十七回第十六葉、第四十回第十五葉、第五十回第十四葉、第五十五回第十五葉、第六十五回第十四葉、第七十回第十六葉、第七十五回第十六葉、第八十六回第十二葉。其中，除了第八十六回第十三葉之外，其餘各回所缺失的均爲末葉，大多僅刊刻有數行總批文字，容易造成殘缺。

以上十二葉，中州本均補以歷博本，但歷博本書葉版面文字多有漫漶，第五回第十三葉，歷博本所存亦僅有A面，對勘法國國家圖書館藏金陵大業堂本，B面尚有總批一條。

（二）河圖本局部殘損的書葉

共計有二十二葉，包括第一回第一第二葉、第五回第十一第十二葉、第八回第八葉第十三葉、第十五回第十四葉、第二十五回第十五葉、第二十七回第四葉、第三十五回第十四葉、第三十八回第三葉、第三十九回第十一葉、第四十回第十四葉、第五十一回第十三葉、第六十四回第一葉、第七十一回第八第十四第十五葉、第七十七回第四葉、第七十八回第一葉、第九十九回第九葉、第一百回第十三葉。

以上二十二葉，中州本均以歷博本替换。比對這些書葉可以發現：河圖本的殘損乃屬於紙葉的物理破損，歷博本雖紙葉完好，但版面文字狀況卻不如河圖本，這再次證明歷博本刷印在河圖本之後。第一百回第十三葉，中州本採取了特殊的替换方式，即把河圖本缺失的第十三葉B面第一至五行，替换爲歷博本，文字頗有漫漶；第六至十行仍保留河圖本，文字較爲清晰，造成全書最後半葉左右文字刷印優劣差異明顯的奇特視覺效果。

值得一提的是，在本次核查過程中，還發現河圖本若干處文字似有殘缺，但中州本卻未予補换，實則另有隱情。兹略舉兩例：

譬如第八十一回第十四葉最後兩行（第九至十行）爲『總批』一則，末行爲『人試思之陷空山無底洞是怎麼東西若想得著定是』，語意未完，顯然有缺，但中州本卻未予補換，我們最初推測可能歷博本也有殘缺，故中州本無可補換。但核查法國國家圖書館藏金陵大業堂本、日本學者磯部彰藏本等另兩個乙本，此處文字居然完全一樣，説明這是乙本的刊刻原貌；再查日本國立公文書館藏甲本，則有第十五葉，第一行奇怪地重複刊刻了第十四葉末行的總批文字，第二行爲『大笑又大哭也』，意接第十四葉末行批語。乙本如此删簡處理，目的大概衹有一個，就是爲了節省一塊書板（即第十五葉）。

再如河圖本第二十四回第十四葉B面末行，第一至十字爲『卻是甚的行者道活羞殺』，以下半行（第十一至二十二字）皆爲空白，且版面無剜挖痕跡，整回文字至此嘎然而止，必有殘缺，但中州本卻同樣未予補換，最初我們也是推測歷博本有缺。然而核查金陵大業堂本、磯部彰藏本等乙本，情況完全一樣，説明這也是乙本刊刻的原貌。再查日本廣島市立中央圖書館藏丙本、國立公文書館藏甲本，第十四葉末行爲『卻是甚的行者道活羞殺人這個不過是飲食之類若説』，第十五葉第一至三行爲正文『出來就是我們偷嘴了衹是莫認八戒道正是正是昧了／罷他三人衹得出了廚房走上殿去／畢竟不知怎麼與他抵賴且聽下回分解』，第四至六行爲『總批』一則。乙本刊刻時簡單粗暴地删去了上述文字，若是爲了節省一葉（即第十五葉），至少也應將第十四葉末行刻完，其中是否另有不得已的原因，尚難確知。

此外，河圖本、金陵大業堂本、磯部彰藏本等乙本的第三十八回、第八十四回末葉末行，還存在删字擠行以節省一葉的情況，凡此，均符合乙本爲書坊翻刻本的特徵，有裨於考察《西遊記》小説文本在刊刻流通過程中的增删更動。

綜上所述，河圖本是中國大陸公藏最佳的明版百回本《西遊記》；若綜合考量單個版本圖像和文字的完整度與版面刷印品質，河圖本也是已知存世八部乙本之中最好的一部；《李卓吾先生批評西遊記》之甲本丙本，均已有了高清電子版或影印本〔二〕，惟獨乙本尚付闕如，由於中州本當年影印時存在嚴重問題，導致河圖本版本面貌一直遭受學界誤解，故河圖本的重新高清影印，不僅可以還原其真面目，而且爲《李卓吾先生批評西遊記》三個系統版本的高清公佈，畫上一個圓滿句號，無疑具有重要的學術文獻價值。

本次影印，除書葉開本略有等比縮小之外，其他悉遵河圖本原貌，不作任何修潤變動，其部分缺失或殘損書葉，亦不作補換。這一方面因爲甲本、丙本均已有電子本或影印本公佈，即便是乙本，法國國家圖書館也已公開了金陵大業堂本的全書電子版，有需要者可以方便地自行查閲比

〔二〕日本國立公文書館網頁公佈了其所藏甲本的全書彩色照片，可供查閲；廣島市立中央圖書館藏丙本，經該館授權，已收入潘建國主編《海外藏西遊記珍稀版本叢刊》第一輯，北京大學出版社二〇一七年影印出版。

對；另一方面，也是爲了完整保留和客觀呈現河圖本的所有版本信息，更好地提供給《西遊記》小説的研究者以及愛好者參考利用。

潘建國

二〇一九年七月

總目録

第一册

第二册

第三册

第四册

第五册

第六册

第七册

第八册

第九册

第一〇册

第二册

第一二册

第一三册

第一四册

第一册目録

據河南省圖書館藏明刻本影印
版框高二十點九厘米寬十四點五厘米

何士而通河所
不洽而後問之機
于玉匱探禪經於
龍藏乃始有得乎

公也哉至於文章
之妙西湖水滸實
並驅中原白雖
其鬚日影畫膽錢

冰嘔心瀝血數數
莫髮而不得驚人
使字者何如此書
駕虛游刃洋洋

纖纖數百葉而
不復一檢不離本
宗日見閱之厭倦
不記日誦讀之頻

悟自閒也故閒居
之士不可一日無此
書

幔亭過客

李卓吾先生批評西遊記目録

嬰兒戲化禪心亂　猿馬刀圭木母空

師獅授受同歸一　盜道纏禪靜九靈

第九十一回

金平府元夜觀燈　玄英洞唐僧供狀

第九十二回

三僧大鬧青龍山　四星挾捉犀牛妖

第九十三回

給孤園問古談因　天竺國朝王遇偶

第九十四回

四僧宴樂御花園　一妖空懷情慾喜

第九十五回

徑回東土　五聖成真

心性修持大道生

西遊記
第二回像
悟徹菩提真妙理

西遊記
卓然

第三回

九幽十類盡除名

南天門
第四回
官封弼馬

花果山水簾洞
齊天大聖

西遊記

唵嘛呢叭咪吽

賣卜

西遊記 第十回像

唐太宗地府還魂

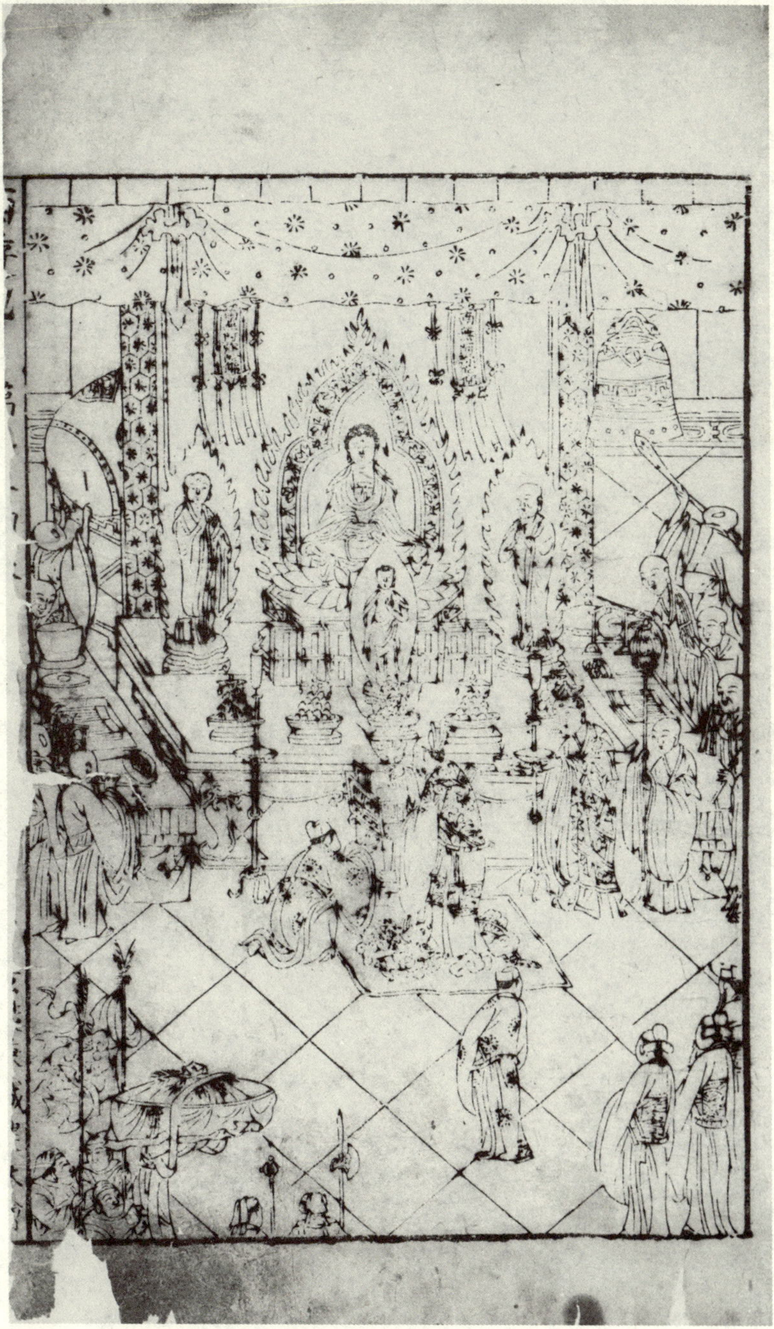

西遊記
金星解厄

西遊記
雙叉嶺伯欽留僧

第十四回

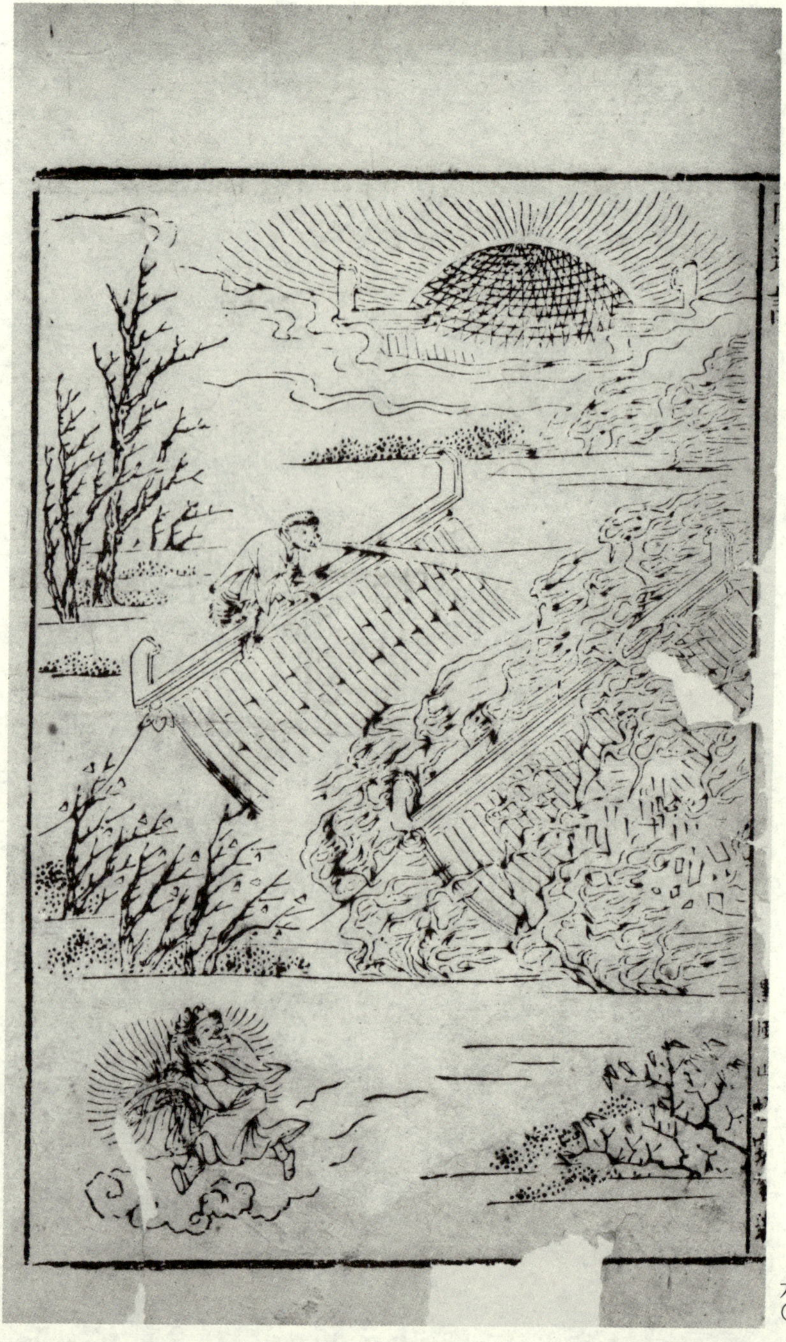

黑風山黑風洞

觀音收伏熊羆怪

第十八回
觀音院

西遊記
高老庄大聖降魔

西遊記　第十九回像

雲棧洞悟空收八戒

西遊記
浮屠山玄奘受心經

西遊記第二十回像
黄風嶺唐僧有難

西遊記
半山中八部争光

西遊記 第二十二回 八戒大戰流沙河

西遊記 第二十三回
三藏不忘本

西遊記
四聖試禪心

與天同壽道人家
長生不老神仙府
萬壽山福地
五庄觀洞天

西遊記
五莊觀行者偷參

第二十五回

西遊記

孫行者大鬧五庄觀

大聖在此

西遊記
聖僧

西遊記

黑松林三藏逢魔

第二十九回象
脫難江流來國土

西遊記

第三十回象

驛館

第三十三回

蓮花洞

第三十二回

第二十四回圖

大聖騰那騙寶貝

西遊記
心猿獲宝伏邪魔

西遊記

西遊記
第二十
鬼王夜謁唐三藏

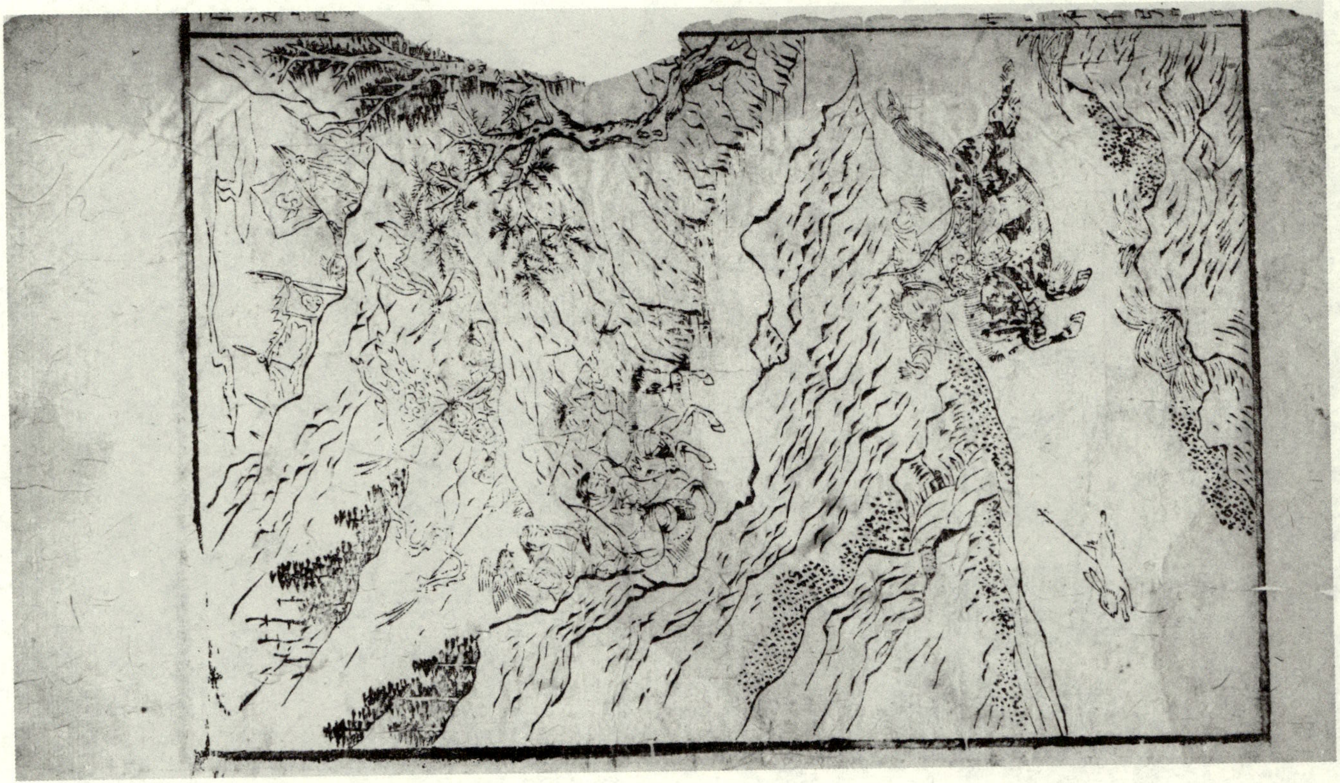

第三十八回象
錦香亭
嬰兒問母知邪正

西遊記　第三十九回像　一粒金丹天上得

三年故主也階生

西遊記
第四十回

第四十二回

西遊記

西遊記　第四十三回圖　黑河妖孽擒僧去

西遊記
第四十四回像
法身元運逢車力

第四十五回像
三清觀大聖留名

心猿顯聖

西遊記 第四十八回

魔弄寒風飄大雪

第四十九回 三藏有災沉水宅

西洋記

第五十回象

神昏心動遇魔頭

南天門
崇元帥
鄧元帥

西遊記

西遊記
第五十三回

迎陽驛

西遊記
心猿定計賺煙花

第五十五回圖像

西遊記　第五十六回

西遊記
第五十七回象
真行者落伽山訴苦

西遊記　第五十八回　二心攪亂大乾坤

西遊記
第五十九回像
三藏路阻火燄山

西遊記
行者一調芭蕉扇

西遊記　第六十回像　牛魔罷戰赴華筵

西遊記
行者二調芭蕉扇

第六十二回下

亂石山
碧波潭

西游记
第六十三回像
二僧荡怪闹龙宫

第六十四回

西遊記
木仙菴
木仙菴三藏談詩

西遊記
第六十五回像
妖邪假設小雷音
小雷音寺

西遊記

草庵

第六十七回

西遊記

西遊記 第六十八回

素明圖

白門曾諭刊

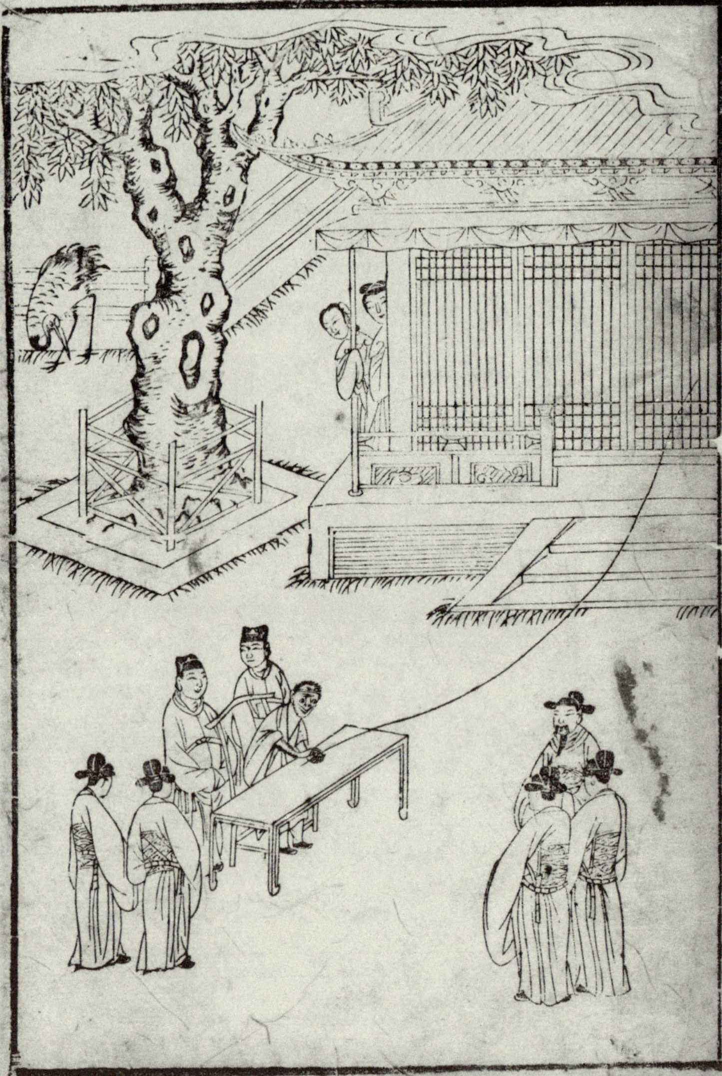

孫行者施為三折肱

西遊記 第六十九回象

西遊記
七十回 下
妖魔寶放烟沙火

西遊記　悟空計盜紫金鈴

西遊記

西游记 第七十三回像
黄芽白雪神仙府
瑶草琪花羽士家

西遊記

西遊記　第七十四回像　長庚傳報

帥

第七十五回

魔主逞兇大道興

第七十七回象
獅駝國

西遊記
第七十八回象
比丘憐子遣陰神
小子城

第七十九回像
尋洞擒妖逢老壽

西遊記 第八十回象 姹女育陽求配偶

西遊記

無阿弥陀佛

西遊記
第八十二回
女求

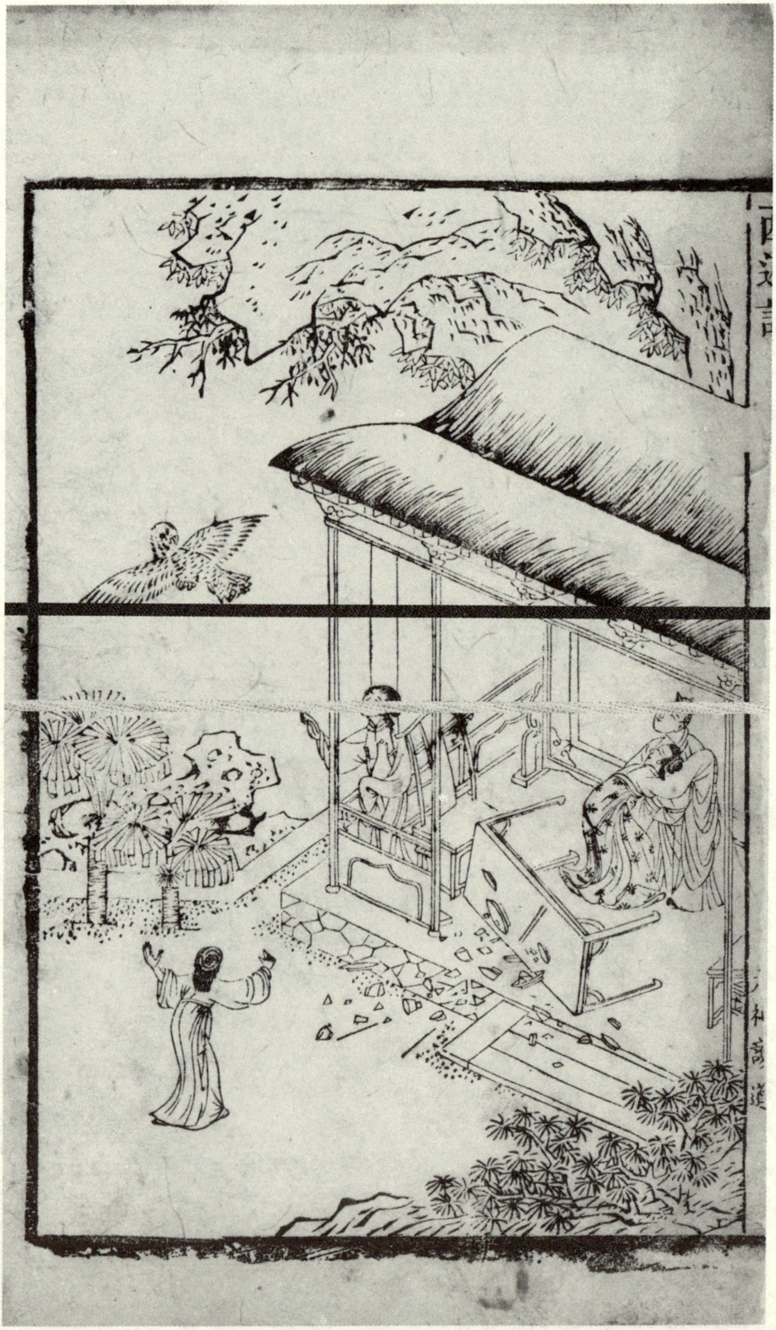

西遊記
第八十三回像
心猿識得丹頭
尊父李天王位
尊兄哪吒太子位

托塔
哪吒太子

西遊記
第八十四回像
難滅伽持圓大覺

西遊記
法王成正体天然

第八十五回像
心猿妬木母

第八十六回

西遊記

西遊記 第八十七回像
靈霄殿

大聖

西遊記　第八十八回像　玉華

西游记
第八十九回像
钉钯嘉会

西遊記

西遊記 第九十回像 師獅授受同歸一

金燈橋

西遊記　第九十二回
三僧大鬪青龍山

四星挾捉角牛怪

西遊記第九十三回

西游记
第九十五回
土地庙

西遊記
真陰歸正 會靈元

西遊記 第九十二回

第九十八回

西遊記 第九十九回像

陳家庄

西遊記　第一百回像

西遊記

五聖成眞